_____ 님께

_____ 드림

글벗시선 204 윤소영 두 번째 시조집

글꽃으로 핀 사랑

윤 소 영 지음

도서출판 글벗

두 번째 시조집을 출간하며

익어가는 삶이라 어느 누구에게도 꺼내 볼 수 없었던 가슴 언저리 작은 소망을 펼쳐 보입니다. 글꽃으로 사랑을 속삭이듯 꿈을 꾸는 행복한 시간을 보내고 있습니다. 오뚝이 같은 나의 일상 속에 그때마다 등불이 되어준 글벗 최봉희 회장님께 감사의 말씀을 드립니다.

가슴에 핀 꽃 / 글꽃 윤소영

달달한 햇살처럼
가슴에 핀 사랑꽃

심장을 뒤흔드는
눈부신 그대 눈빛

포근한
마음속으로
빠져드는 꽃내음

2023년 10월 저자 글꽃 윤소영

차 례

제2부 글꽃 피다

제3부 가을 수채화

제4부 한라산에 오르다

제5부 글꽃 사랑

■ 서평

제1부

글꽃 무지개

호숫가에서

눈부신 달빛 아래
구르는 이슬방울
호숫가 일렁이듯
낙엽 위 띄운 미소
목놓아
부르는 이름
출렁이는 그 미련

잔물결 아련하게
애타는 눈물방울
그 웃음 스며들까
촉촉한 그 눈망울
희망에
불타는 열정
호숫가에 맴도네

나의 사랑아

호수가
산을 품듯
너와 나 사랑 품고

어쩌나
인연의 깃
언제나 만남의 꿈

우리는
꽃과 나비로
사랑하며 살리라

사랑의 봄

향긋한
미소 속에
사랑이 움트는 날

그대가
보고파서
꽃 마음 찾아가요

살며시
문 두드리며
가슴 여는 그리움

그림자

햇빛은 나를 찾아
등 뒤에 품은 사랑

축 처진 어깨 너머
아련한 그리움들

애타게
기다리는 삶
너의 두 눈 그립다

그리움

초록빛
잠재우며
밀밭 익은 세월 앞에

오솔길
꼬물꼬물
옹달샘 만난 기쁨

찬란한
고운 빛 담아
그대에게 전하네

글꽃 무지개

춤추는 시어들의
연둣빛 함박웃음
먹먹한 달빛 젖은
내 마음 등불 밝혀
빛나는
내일을 위해
다시 뜨는 그리움

붉은 놀 수평선에
시어들 올망졸망
오색빛 하늘하늘
춤추며 노래하는
글빛은
눈부신 언어
온 누리를 비추네

미소꽃

햇살이 빛을 타고
바람에 굴러가듯
꽃잎이 속삭이듯
내 안에 머문 그대
오롯이
한마음으로
사랑하며 살래요

푸드덕 날갯짓에
꽃봉오리 유혹한
바람은 요술쟁이
웃음꽃 날아올라
핑크빛
사랑 머금은
탐스러운 그대여

찔레꽃 피면

산책로 길섶 위에
빙그레 한 웃음꽃
고운 자태 빛깔에
별 나비 속삭이듯
꽃잎에
다소곳한 향
해지는 줄 모르네

언제쯤 오시려나
애타게 기다리는
찔레꽃 같은 그녀
작고 아담한 몸에
한평생
비녀를 꽂고
웃음 짓는 그대여

하얀 눈꽃 온 세상
한평생 진주 같은
긴 울림 여는 새벽
들려오는 달그락
산너울
고독한 삶에
부서지는 뒤안길

사랑의 등불

노오란 은행잎들
사랑을 그리면서
하늘엔 꽃무지개
임 마중 가라 하네
연못에
사뿐히 띄워
가슴에 멍울지네

가지 끝 내려앉은
임 사랑 그리워라
눈썹달 핑크빛에
서산에 걸린 노을
내 영혼
아름답게 핀
빛과 등불이어라

하루의 연가

고요한 노을빛을
흔들어 깨워놓고
부서진 조각조각
제각기 춤을 추네
저 멀리
피어오르는
하얀 마음 태우리

날아든 작은 소망
눈처럼 휘날리고
못다 핀 내 열정은
바람에 흘러가네
아련한
기억 한 조각
찻잔 속에 잠기네

나무에 걸린 꿈

소나무 맺힌 사랑
가지 끝 희망 달고
푸른 잎 핑크 빛깔
떨림은 수줍은 듯
청아한
새들의 합창
아침을 열어주네

소풍 같은 여행길
자연이 주는 행복
만물이 약동하는
사람과 자연 공존
해 웃음
가슴 여는 날
선물 같은 하루네

희망의 꽃씨

핑크빛 하늘 섶에
애틋한 사랑 그린
푸른 숲속 음악회
춤추는 나뭇잎들
리듬에
숲속 친구들
덩실덩실 흥겹네

멜로디 가슴 울려
열정은 차오르고
울림이 진한 여운
이루지 못한 욕망
무대에
올려진 희망
타오르는 꽃이여

피어오르는 섬

잔잔히 밀려오는
먼바다 한숨 소리
바위에 걸터앉아
마음을 내려놓네
바다의
그리운 몸짓
일렁이는 잔물결

젖가슴 음푹 패인
바위는 형형색색
하늘빛 물 한 모금
그 풍경 신비롭다
우리네
젖어드는 삶
향기로운 인생아

* 비양도 : 피어오른 섬이라고 부름

시계꽃

햇살이 마실 나와
돌담 위 아침 열고
떨어진 꽃씨 하나
꽃잎은 방긋 웃네
눈부신
희망의 울림
시계꽃은 피었네

빛처럼 사랑처럼
꿈 담고 희망 담아
희망과 용기로 핀
인생을 아름답게
영원히
작은 꽃잎은
아름답게 산다네

물안개 빚다

홀연히 흩어지듯
꽃눈이 뿌리던 날
안개꽃 그린 마음
그 사랑 묻어놓고
아련한 기억 저편에
날아드는 그 향기

목 놓아 부르던 임
촉촉이 젖은 두 눈
그리움 가슴 찾아
꽃바람 여민 옷깃
시린 맘
달빛에 젖어
붉은 열정 태우네

캠핑의 꽃

무지개 핑크 빛깔
노릇노릇 바싹한
캔 위에 둥지 털고
고소함과 촉촉한
붉게 핀
불꽃 향기에
차오르는 행복꽃

푸른빛 숲속 향기
오묘한 맛깔스런
은은한 향기 뿜어
무대에 올려졌네
입안에
행복의 밀어
세포를 깨워놓네

그린내

수많은
인연 속에
우연히 글로 만나

글로써
빚은 약속
야릇한 이끌림에

글 마음
행복 그리며
젖어드는 황홀함

사랑꽃 피다

어둠도
외면한 채
열꽃은 차오른다

포개진
입술 위에
젖어 든 너의 영혼

한마음
불타는 욕망
한 송이 꽃이 피네

꽁보리밥

산등선 초가지붕
무쇠솥 걸어놓고
장작불 피어오른
흐르는 눈물방울
보리밥
슬며시 뜨니
고슬고슬 그 내음

하얀 김 모락모락
강된장 한 숟가락
놋그릇 쓱쓱 비벼
한 입을 품은 희망
그리운
그대 품속에
젖어드는 사랑아

바다로 가는 시간

벗 삼은 푸른 바다
바위에 둘러앉아
복잡한 마음 열어
눈감으면 잡힐 듯한
내 마음
희망이 글꽃
찾아가는 여행길

나의 몸 선율 따라
흥겨운 멜로디에
내 영혼 불태우는
아련한 그리움들
그대는
꽃바람 속에
속삭이듯 웃는다

추억의 봄

시원한 명지바람
뜨거운 가슴 풀어

가지 끝 영근 사랑
목 놓아 부르지만

희미한
옛 추억들만
아른아른 그리네

제2부

글꽃 피다

여우비

영혼의
울림 따라
눈물로 채워지는

그리움
넘쳐흘러
천지를 감싸듯이

희망을
되돌아보는
아름다운 빗줄기

산책길 따라

팔각정 햇살 아래
스치는 산들바람
흐르는 물소리에
떨어진 희망 조각
시원한
수국길 따라
발걸음은 머무네

돌계단 하얀 나비
한 방울 감춘 눈물
햇살이 받아 마신
가엾은 사랑이여
아련히
속삭이는 듯
향기 묻은 꽃바람

윙크하는 사랑

보고싶다 말하면
더 보고 싶어질까
미소만 그저 살짝
한마음 뿐이기에
오롯이
하나의 사랑
익어가는 내 인생

내 안에 그대 가득
내 가슴 출렁이고
삶이란 향기로운
사랑은 사랑으로
오롯이
사랑할수록
깊어지는 그리움

휴일의 행복

상큼한 갈맷빛에
청초한 수국꽃들
새소리 통통 뛰는
갈대숲 너울너울
물안개
춤추는 오리
향기 뿜는 산수국

산책길 꼬불꼬불
수국꽃 너털웃음
꽃술에 날갯짓은
형형색색 물드네
꽃 대궐
아름다운 미
스며드는 그 향기

수국꽃 옆에서

꽃들의 함박웃음
눈부신 고운 빛깔
꽃다발 탐스러워
머무는 둥근 해님
솜사탕
가슴에 묻은
그대 얼굴 그리워

기다란 꽃 대궐에
꽃 비녀 둥지 털고
햇살이 떠돌다가
슬며시 내려앉고
꽃동산
어울림의 멋
고운 빛깔 그리네

보리수 한 잎

언덕배기 오솔길
축 처진 가지 위에
붉은빛 주렁주렁
햇살을 밀어 넣어
알알이
새콤달콤 맛
입안 가득 그 설렘

너의 푸른 그늘 속
아름다운 꿈속에
흔들리는 바람에
너의 노래 부르네
마음속
울려 퍼지는
행복 찾아 나서네

태양을 받아 마신
희망을 달에 걸어
풋풋한 설렘임은
영그는 사랑 속에
외면한
세월의 청춘
그 누가 잡을 쏘나

글꽃 피다

온 누리 춤추는 글
두둥실 두리둥실
붓끝에 꽃을 피워
우주를 물들이네
온 세상
글바람 타고
꽃동산을 만드네

마음에 그린 글꽃
햇살에 나부끼며
오가는 말글들은
꿈 사랑 행복 담아
시어들
꽃으로 피니
빛이 나네. 우주에

글로써 빚은 희망
움트는 사랑으로
행복의 작은 씨앗
글마당 꽃이 피네
사랑은
향기로운 말
희망으로 피었네

연천의 향수

운무를 머금은 듯
살짝 연 아침 햇살
꽃들의 행복 웃음
바르르 떠는 설렘
초롱꽃
하늘빛 향한
그대 사랑 빛나네

외로운 산새 소리
그리운 임의 흔적
애타게 부르지만
애달픈 그리움들
핑크빛
사랑의 선율
숨겨놓은 그 꽃술

그리운 임을 찾아
내딛는 한걸음에
그곳에 달려가면
미소로 반기는 정
그대여
너털 웃음꽃
연천 하늘 뒤덮네

옹포 밤바다

창가에 그려놓은
내 안에 젖어드는
오색빛 달무리 빛
등댓불 노래하네
조각배
하얀빛 안개
아른거린 그 물빛

바다에 숨어든 빛
고운 임 실눈 같아
불빛 속 너울너울
달빛은 등을 타고
해안가
모래밭 꿈속
사랑 찾아 헤매네

선율 만지다

클래식 감미로워
청아한 그 멜로디
달콤한 아름다움
야릇한 울림소리
숲속의
오색빛 화음
햇살 타는 나뭇잎

꽃잎은 샤방샤방
잔잔한 하늘가에
건반 위 통통 뛰는
바람 위 노랫가락
화들짝
스며든 음률
취해버린 그 노래

씨앗으로

우주를 품에 안고
대지에 그린 글꽃
빛나는 지붕 위로
춤추는 꽃무지개
시어들
꿈동산 위에
합주회가 열렸네

꽃자리 오고가는
어울림 한마당에
웃음꽃 날아올라
하늘에 그려놓고
연천에
희망의 씨앗
꽃동산을 이루네

라일락꽃

우물가 돌담 위에
햇살이 마실 나와
나비의 날갯짓에
꽃잎에 적은 약속
홀연히
봉우리 열어
활짝 피운 행복문

보랏빛 짧은 사랑
꽃송이 짙은 향기
춤추는 파도 소리
거리를 휘감듯이
꽃 속에
사랑이 피는
희망 노래 끝없네

누리달에게

하늘빛 무지개 꽃
별들의 속삭임에
간절한 염원 담아
내 소망 걸어놓고
희망꽃
젖은 눈망울
바람 타고 흐르네

별과 달 리듬 타고
그리는 무지개 꽃
꿈 펼쳐 피운 달에
별꽃잎 쏟아지네
빛나는
누리달처럼
아름다운 그 보석

할미꽃 너털웃음

메마른 양지 녘에
호올로 외로이 핀
햇살에 웃음 짓는
바람결에 춤추며
내 마음
푸르름의 빛
희망 찾아 나서네

언덕배기 바위틈에
수줍어 미소 짓는
사랑의 굴레 속에
흔들린 깃털처럼
산기슭
기다림 여정
언제쯤에 오실까

푸른빛 고갯마루
붓 한 자루 잡고서
한평생 한 점 찍어
피고 지는 삶이라
꼬부랑
청순가련한
일편단심이어라

제주 고사리

천지를 받아 마신
꽃송이 하늘 위로
햇살을 포옹하며
엉그니 포동포동
새벽에
까꿍하는 너
나의 품에 안기네

갈대숲 울타리에
달콤한 입맞춤에
한 마음 동고동락
진주가 내려앉네
오름 숲
촉촉이 뿌린
마주 잡는 손가락

* 보약: 제주 고사리(해수를 먹고 자라서)

쑥떡 한 조각

해안가 바위틈에
소담히 피어올라
뾰족이 움트는 삶
바람도 머문다네
어린 순
푸른빛 희망
새봄 찾아왔다네

봄바람 오물오물
속살은 부드럽게
여운이 짙어지는
쫀득한 감미로움
노란 콩
고소한 행복
엄마 품속 찾는다

한 마음 나눔으로
마음이 따뜻하고
깊숙이 스며드는
그대의 작은 소망
소소한
행복 기다림
사랑으로 품는다

여행길

상큼한 매력으로
피어난 봄의 들꽃
길섶에 윙크하는
사랑은 한올 한올
애절한
사랑을 살다
묻어놓은 그 아픔

팔각정 시샘하는
목련꽃 사랑 담아
애타는 눈물방울
구르는 사랑 노래
처마 끝
풍경소리에
멀어지는 내 마음

움트는 봄

낙엽 위 은빛 물결
헐벗은 가지 위에
희망이 송골송골
살포시 피어나네
유채꽃
꽃길을 따라
봄 동산에 오르네

샛노란 융단 위에
개구리 팔딱팔딱
개울가 버들가지
기지개 펴는 들꽃
노란빛
핑크빛 입술
활짝 웃는 그대여

바다에 그리다

바다 위 물결 속에
뱃고동 들려오네
머금은 하얀 웃음
보고픈 임의 사랑
빛바랜
포말 속으로
고이 담긴 그 이름

모래 위 꽃물결에
갈매기 사랑 훨훨
달콤한 사탕처럼
넘치는 삶의 환희
떠오른
둥근 달빛에
그려놓은 그리움

시화전을 하면서

꽃구름 무지갯빛
푸른 꿈 희망 담아
따스한 햇살 따라
눈부신 사랑 나무
해 웃음
초롱초롱 빛
주렁주렁 달렸네

정원에 펼친 시집
시어들 와자지껄
책갈피 꽂아둔 꿈
곱게 핀 사랑 나무
오롯이
기다린다네
시화전을 여는 날

흐트러진 사랑

광야에 뜨는 달빛
그대가 보고싶다
꽃길에 어찌 그리
호올로 가시나요
언제나
오시는지요
세월 속에 잠기네

물결 위 빛바랜 꿈
조각은 가물가물
내 손에 잡힐 듯이
그리움 흩어지네
바위틈
살짝 올린 꿈
잉태하는 새 생명

제3부

가을 수채화

가을 수채화

햇살에 젖은 입술
떠날 채비 하려는 듯

계절의 고운 향기
산들바람 몰고 오네

가을의
코스모스는
한들한들 춤추네

단장한 오색 빛깔
색동옷 갈아입고

가을의 문턱으로
사뿐히 다가오네

눈부신
무지갯빛 꿈
곱게 그린 수채화

놀멍 쉬멍 걸으멍

해안가 언덕 위에
핑크빛 카페에서
포말에 넘나드는
놓아버린 내 사랑
물비늘
흐린 기억 속
젖어드는 그대여

올레길 길목 따라
두 손을 마주 잡고
따뜻한 눈빛 속에
풋풋한 설렘 가득
내 영혼
희미해지는
감미로운 입맞춤

바닷가 거닐 때면
하르방 방긋 웃고
외로운 인생길에
누구를 기다리나
그대여 꿈을 찾으라
아름다운 제주를

바다는 나의 삶

푸른 빛 진주 방울
희망꽃 피어나면
발아래 굽어보니
하얀빛 은빛 모래
탱고춤
빙그레 폴짝
온누리에 펼치네

인생길 넓고 넓어
내 마음 흔들흔들
푸른빛 쪽빛 희망
끝없는 바람으로
희망이
푸른 물결 속
길목에서 꽃 피네

오봉산 희망 걸다

상큼한 향기 속에
피어난 개나리꽃
길 위에 윙크하는
돌계단 산수유꽃
오롯이
하늘에 그려
나부끼는 내 소망

가슴이 요동치듯
목련꽃 애틋한 맘
모른 척 멀어지는
아련한 너의 향기
어이해
안 오시려나
너울너울 빈 가슴

훔쳐 온 당신 마음
하늘 끝 은하수에
단단히 동여매어
내 안에 담아 놓네
내 사랑
야릇한 향기
샤르르르 흐르네

푸르른 날

푸른빛 희망 낙원
풀벌레 화음 담아
춤추며 덩실덩실
오색빛 단장하듯
색동옷
갈아입고서
언제쯤 오시려나

은하수 달빛 노을
푸른빛 희망 그려
빛나는 보석처럼
백록담 아름다운
오월의
붉은 열정에
스며드는 그 바람

찔레꽃 피다

찔레꽃 향기 따라
옛 추억 젖어드는
꽃잎은 깃털 같은
그리운 엄마 품속
꽃바람
한 점 찍는 날
자유롭게 날리네

찔레꽃 굳은 절개
눈부셔 볼 수 없네
순백의 오묘함에
앙가슴 젖어드네
둘레길
마음을 펼쳐
희망을 노래하네

그대 찾아가는 길

꽃 대궐 툇마루에
가야금 튕겨 대고
선녀들 사뿐사뿐
흥겨움 춤추면서
저녁놀
붉게 익은 밤
적막 속에 잠기네

실바람 샤방샤방
바람에 나부끼고
아련한 추억으로
만남을 약속하는
휘파람
꽃길이기를
너를 찾아 가는 길

몽당연필

언제쯤 오시려나
푸른빛 고갯마루
등댓불 일렁이듯
춤추는 나의 시어
핑크빛
무지갯빛 꽃
내 마음 그려보네

또르륵 냇물소리
그리움 한 조각에
가슴에 얹혀놓고
희망의 나래 묻네
세월의
뒤안길 섶에
묻어놓은 그 사랑

고개 숙인 미소

보랏빛 라일락꽃
바람에 나부끼고
은하수 건반 위에
춤추는 아름다움
푸르름
피어오르는
희망꽃이 영그네

푸른빛 그늘 아래
바람은 흔들리고
길섶에 다소곳이
가슴은 두근두근
꽃자리
긴 여정 속에
활짝 웃는 미소로

*꽃자리: 꽃의 모양을 놓아 짠 돗자리

고사리 사랑

촉촉이 비가 내린
오름에 올라서면
흐르는 빗물 따라
갈대숲 오밀조밀
사랑비
가슴 적시듯
영혼 담아 흐르네

청아한 영혼의 빛
하늘에 걸린 햇살
야자수 머리 끝에
스며든 너의 향기
눈맞춤
사랑의 만남
소망으로 품는다

하르방 품속

봄바람 날아오는
귤 향기 감미로운
올레길 울퉁불퉁
정겹고 아름답다
상큼한
임의 향기에
젖어드는 그 바다

하르방 목에 올라
오름을 오르면서
구름 위 걷는 우리
실바람 등에 업고
하모니
풀피리 불고
꿈속 열차 오르네

이슬꽃 피면

밤안개 이슬 피어
흐르는 물줄기에
향연에 녹아보는
저며 든 그리움이
흩어진
풀잎에 맺혀
희미해진 그 사랑

가슴이 뭉클대는
아늑한 그리움은
호수에 비친 마음
사슴을 닮은 사랑
촉촉이
내려오는 임
내 가슴에 맺히네

붉은 카네이션

오월의 푸르름에
태양을 받아 마신
아름다운 몸짓은
그대여 사랑 고백
참사랑
스며든 영혼
그대 찾아가는 길

마음 밭 새긴 언약
글로써 그려놓은
그 사랑 붉은 열정
영원한 숙명이다
한마음
꽃잎에 새겨
그대에게 띄우리

갈대숲 담아

갈대숲 알록달록
은물결 눈부시네
떨어진 잎새 하나
살며시 추억 찾아
아련한
추억 한자락
콧노래 흥얼흥얼

낙엽 밝는 소리에
흔들리는 내 마음
희망을 노래하는
아름다운 여행길
너와 나
함께 걷는 길
사랑 찾아 가는 길

달려가네 그곳으로

핑크빛 사랑 담아
해지는 줄 모르고
한달음에 내딛는
어스름 달빛 젖어
내 사랑
그대와 함께
스며드는 사랑아

깊은 밤 하얀 별밤
초롱초롱 밝히는
눈썹 위 사랑 실어
그리움 아롱아롱
새벽녘
젖어든 그대
묻어놓은 그 향기

오름 묻네

산야에 물결 속에
햇살은 흔들리고
함초롬 푸른 빛살
희망을 새겨놓고
흐르는
흰 구름처럼
아른아른 물결 빛

돌아선 뒷모습은
참으로 아름답다
색동옷 갈아입고
어이해 오시려나
임 향한
나의 마음은
샘물처럼 흐르네

희망의 빛을 타고

샤르르 한 줄기 빛
바다에 스며들듯
촉촉한 임의 미소
들추는 작은 희망
야릇한
너의 언저리
희망의 꽃 피었네

쏟아진 고운 꽃불
창문에 빗금 치는
임 마음 붓질하고
입맞춤 감미롭네
하늘 끝
핑크빛 마음
움트는 꿈 그대여

희망이 꽃 피다

그림자 한올 한올
아득히 별을 담고
은하수 꽃등 켜는
그리운 별빛 달빛
아련한
가슴 한 켠에
붉은 열정 태우네

들꽃의 아름다움
머금은 임의 사랑
위로받고 싶은 날
달빛에 묻은 영혼
내 사랑
젖은 눈망울
사랑 움튼 그리움

귤나무 아래서

귤나무 아래에서
새콤한 귤을 만나
햇살을 품은 사랑
노을에 담은 추억
자꾸만
손이 갑니다
엄마 품속 찾아서

귤나무 가지 위에
새들이 놀고 가고
꽃구름 맑은 햇살
눈부신 무지갯빛
친구와
나눔의 추억
간직하리 영원히

귤이랑

꽃바람 스친 자리
상큼한 귤 내음에
포근한 햇살 따라
봄 내음 그득해요
너와 나
두 손을 잡고
따뜻하게 한 마음

산과 들 하늘 바다
모두가 하나 되어
온몸을 감싸주는
달콤한 귤꽃 향기
자연과
함께 살래요
제주 사랑 귤이랑

글꽃 피다(2)

하늘에 그린 글꽃
아롱아롱 빛나네
햇살이 놀려 나와
꽃으로 피어나고
글 고운
하늘에 걸어
그대 얼굴 비추네

강바람 새긴 언어
깊은 상념에 빠져
바람 소리 은하수
일렁이는 빛 초롱
흐르는
밝은 빛 누리
웃음꽃 퍼져가네

제4부

한라산에 오르다

걸린 희망으로

새벽녘 멈춘 하늘
솜사탕 휘날리는
어둠도 외면한 채
시간은 흐트러져
한 조각
아련히 스친
희망의 나래 묻네

등댓불 꽃무지개
그 이름 그려놓은
뒷모습 아름다워
건네준 희망 한 줌
그대여
그리운 날에
꽃마음 찾아가요

글 사랑

매 순간 너를 위해
내 마음 적어보네
뜨거운 마음으로
남아있는 내 사랑
그대여
글로써 쓰네
사랑 고백 하노라

아련한 기억 저편
못다 한 사랑 얘기
종이 위에 수놓네
글 마음 찾아가네
내 마음
사랑을 빚어
글꽃으로 나누네

돌하르방

돌이야 오름 가자
양떼구름 등에 올라
귤꽃향 마시면서
연등 할망 기다리네
한라산
목마를 타니
손에 잡힌 그 하늘

하르방 바다 가자
물허벅 바다 띄워
소라의 나팔 소리
날갯짓 첨벙첨벙
모래성
새긴 그 이름
넘실넘실 춤추네

한라산에 오르다

하하 호호 너털웃음
배낭 메고 오름 가네
진달래꽃 방긋방긋
하얀 안개 그리듯이
숨이 찬
윗새오름에
물 한 모금 마시네

물 한 모금 적시며
이름 위 꽃 그리고
두둥실 두리둥실
내 사랑 하르방아
꽃구름
희망 속에서
꽃무지개 펼치네

그대와 함께

솔 향기 날갯짓에
정겨운 산새 소리
아름다운 사연은
한 올 한 올 수놓네
해 웃음
자연 물소리
스며드는 그리움

산허리 휘어잡아
돌고 돌아 정상에
흐르는 계곡물 소리
아름다운 인연 따라
내 마음
추억 한가득
가슴 담아 왔노라

두 손을 마주 잡고
곱게 피운 우리 사랑
내 안에 추억 찾아
그대 따라나선 오늘
지난날
정다운 얘기
푸른 마음 찾는다

사랑하는 당신

봄꽃을 바라보니
내 임이 그리워라
빗장을 풀어놓은
물오른 봄꽃처럼
그리운
가슴을 안고
당신 앞에 서리라

조금은 수줍은 듯
어색한 나의 미소
한평생 피고 지는
내 인생 나의 청춘
우리가
영원히 살며
글꽃 피워 살리라

몰래 한 사랑

물안개 피어오른
새벽이슬 맞으며
또렷이 떠오르는
당신의 웃는 얼굴
보고파
가슴 저리며
멍울지는 그리움

어디에 담아둘까
아름다운 그 사랑
살포시 마음 열어
가슴에 품은 열정
보고파
그리움으로
다시 찾아 나서네

제주도 바람결

둘레길 휘어지는
돌담 옆 망아지들
귤 내음 향기롭게
애기꽃 도란도란
해오름
동백꽃 동산
출렁이는 그 햇살

한눈에 푸른 빛깔
기적이 펼쳐지는
우람한 너털웃음
그 사랑 감미롭다
키다리
하르방 품속
사랑하리 제주를

나의 인생

영롱한 나의 햇살
소녀 같은 풋풋함
연민과 동정심에
설레는 붉은 연꽃
내 마음
백지 같아라
아름드리 꽃 피네

구름 위 마음 실어
가벼운 깃털처럼
은하수 윤슬 위에
빛나는 너의 매력
영혼의
고요함 속에
청순하다 그 눈빛

둥근 달빛

가슴에 품은 저 달
임 흔적 찾아가니
그대가 아롱거려
소망을 펼쳐보네
빛바랜
추억을 찾아
그대 곁에 서 있네

내 사랑 살짝 올린
아련한 기억 저편
핑크빛 꿈을 찾아
오롯이 일편단심
한마음
달님에 비춰
그려놓네. 호수에

나의 인생아

내 가슴 촉촉하게
아련히 스며드는
활짝 웃는 그 미소
향기 품은 그 모습
분홍빛
사랑 수놓네
향기 따라 흐르네

한 송이 꽃이 되어
그대만 기다리는
영원히 기대서서
둥근 달빛 아래에
내 사랑
걸어두고서
속삭이네. 당신께

빨랫줄

햇살을 동여매고
뜨락에 내려앉아
똑 똑똑 떨어진 맘
흔들린 나의 가슴
여러 번
그 흔적 아래
새겨놓은 내 마음

지울 수 없는 아픔
알 수 없는 그 흔적
어디에 담아둘까
햇살에 희망 품고
기대선
애꿎은 마음
하늘을 향해 날린다

고사리 나들이

물안개 핀 새벽녘
오름에 발을 디뎌
숲 향기 바람 소리
갈대숲 틈 사이로
어스름
배시시 웃는
움츠린 너의 미소

찔레꽃 덩굴 숲에
통통한 너의 매력
하늘에 다소곳이
힘차게 찾아가는
두 눈에
사로잡힌 너
내 안에 가득 담네

자연의 오묘함에
오름을 뒤덮인 숲
인생의 순간보다
자연의 소중함은
깨달은
자연의 신비
미래의 희망이네

꽃불 놓네

녹음이 짙어지는
싱그러운 유월에
옥색 빛깔 고운 자태
뭉게구름 윤슬 타고
들어와
넓은 들판을
손잡고 내달리네

청순한 난꽃이여
순백을 그리면서
당신 꽃 가지마다
화알짝 피어 올라
빙그레
수줍은 미소
그대 등 뒤 감추네

머문 자리

시내길 은빛 물결
여울목 굽이굽이
꽃잎 하나 흩어져
그리운 임을 찾아
쉼 없이
젖어드는 늪
희망의 빛 그 찻집

떨어진 발자국에
목소리 젖어 들고
솔빛길 부푼 가슴
눈망울 초롱초롱
그대여
밝은 빛 누리
사랑으로 엉그네

꿈

꿈꾸는 푸른 초원
그대는 사랑스레
너울 빛 넘나드니
호올로 가시나요
언제나
오시는지요
지새우는 차오름

빛바랜 물결 위에
기억들 아른아른
잡힐 듯 흐린 숨결
그리움 흐트러져
물보라
살포시 연 맘
아련하게 핀 사랑

마음 지우개

창문 틈 하늬바람
감미로운 입맞춤
나풀나풀 날갯짓
임의 사랑 머금네
내 사랑
아련히 젖은
감미로운 입맞춤

구르는 글꽃 마당
아름드리 꽃 피고
못다 쓴 임의 편지
고이 접어 묻으리
내 안에
묻어놓은 맘
먼 훗날을 기약해

손의 반란

흐르는 시간 아래
쉼 없이 움직이는
고귀한 숙명 아래
끝없이 타오르는
희망의
마음 찾아서
밝혀주는 등불을

구르는 마음 밭에
내려앉아 꽃 피는
눈 속에 젖어드는
한 가닥 희망으로
옹달샘
청아한 소리
눈부시네. 그 손길

흐트러진 시간

찬 기운이 휘감는
어스름 달빛 여운
어디선가 들려오는
숨결에 희망 고백
푸른 밤
왠지 모르게
젖어드는 여백이

허공 속에 그린 임
방긋방긋 눈웃음
달빛에 묻은 사랑
아스라이 흐느낌
그 사랑
홀로 외로이
떠난 임 그리네

채우는 마음

봄비가 내려앉아
춤추는 대지 위에

풀들의 어울림은
찬바람이 스치네

휘이익
지나간 임은
길 떠난 사랑이라

제5부

글꽃 사랑

홀로 핀 꽃

그리운 언덕 넘어
아름다운 사랑은
흥겹게 속삭이듯
바람에 나부끼고
아련한
기억 저편에
물안개 흩어지네

지나간 시간 속에
상처 난 낙엽들은
부서진 희망 품고
안갯속에 젖어드네
그 사랑
영원히 함께
이 세상 영원토록

밤하늘 수놓네

푸른 밤 웬일일까
별 아래 잿빛 하늘
영롱한 눈망울에
맑고도 순수 영혼
창가에
미소 띤 얼굴
옛 추억 그리면서

토해낸 그리움을
아득히 떠오르는
눈부신 고운 빛깔
희망빛 애절하네
짙은 밤
잠 못 드는 곳
흐느끼듯 보고파

흐린 날의 추억

움츠린 작은 가슴
그리움에 목놓아
아스라이 추억담아
임에게 띄워보네
그 언약
사랑에 젖어
날 새는 줄 모르네

눈 속에 가득 담아
그대 얼굴 그리며
구르는 이슬방울
바다를 이루었네
외로운
등대 불빛만
타오르는 그 마음

수선화

돌담에 핀 수선화
도란도란 마주 앉아

즐겁게 소꿉놀이
해지는 줄 모르고

밤안개
고즈넉하게
엄마 품속 찾지요

휴일의 외출

산새들
합창 소리
야자수 그늘 아래

노오란
민들레꽃
환한 웃음 번지네

봄날에
꽃눈이 내려
임 마중을 가자네

저지 오름

푸른 솔 숲길 따라
힘찬 걸음 오르면
탐방로 저지 오름
둘레길 아름답다
하늘 끝
한눈에 담고
건강 웃음 반기네

오솔길 낙엽길에
소풍은 한가로이
고라니 가족 만나
즐거운 모습 보고
나그네
멈춰 선 발길
행복 웃음꽃 피네

한라산을 품다

오렌지빛 노을처럼
벗어버린 한라산
푸른빛 희망 그려
빛나는 보석처럼
백록담
설경의 경치
하늘이 빚은 예술

눈부신 햇살처럼
운무를 품은 자연
설경에 빠진 하늘
백설이 내려앉네
옹달샘
청아한 소리
푸른 햇살 품는다

올레길

돌담길 꼬불꼬불
자갈밭 울퉁불퉁
여행길 소풍 가듯
서로 등 토닥이며
올레길
사랑의 서약
희망 찾아 가는 길

하늘에 걸린 햇살
눈부셔 볼 수 없네
가슴에 품은 사랑
가지 끝 내려앉아
둘레길
사랑의 열병
임의 흔적 찾아서

자연 숲 걸어가며
벗 삼은 푸른 바다
오름을 오르기도
계단을 걷는 길
숲 향기
코끝에 앉아
노래하네. 희망을

협재 바다

순간에 빠져들 듯
그리운 에메랄드
옛사랑 되짚으며
희망의 꽃불 놓네
바다여
내 눈물 빚어
임에게 보내리라

차창에 기대어서
모래성 바라보며
사라진 나의 숨결
파도에 빠져드네
아련히
스치는 바람
노래하네 희망을

제주 오메기떡

네 모습 동글동글
가락지 닮은 떡잎
푸른빛 붉은 입술
사랑을 듬뿍 빚은
오메기
한 줌 삼키며
엄마 찾아 떠나네

둥글게 오물오물
오밀조밀 곱게 빚어
사랑을 푹 익혀서
한입을 삼키는 날
살포시
다가오는 꿈
엄마 얼굴 보이네

함지박 감춰진 정
가득한 엄마 사랑
하얀 김 모락모락
제주 자랑 오메기떡
온 누리
사랑을 빚어
행복 가득 머금네

빙떡 이야기

돌돌 빚은 베개 떡
죽부인 끌어안네
한 잎 깨문 너털웃음
고소함과 담백한 맛
아늑한
그리운 여운
엄마 품속 더듬네

걸쭉한 메밀 반죽
포말을 담아 안고
노릇노릇 맛깔스레
감미롭게 젖어드는
빙떡의
향기로운 맛
제주의 자랑이여

* 빙떡 : 강원도 메밀 전병과 비슷하다

노을아

운무를 머금은 듯
해넘이 먼 길 걷는

깨무는 붉은 입술
애달픔 넘지 못해

비양도
앞산에 젖어
아쉬움 삼키는 노을

한라산 자락에

푸른빛 하늘 아래
두둥실 두리둥실
수놓은 걸음걸음
행복의 봇짐 메고
하늘 끝
핑크빛 여운
구름 타고 오르네

운무에 휩싸이는
그리운 엄마 품속
노을을 걷는 임은
희망을 실에 꿰어
함지박
영롱한 쪽빛
푸른 마음 찾아서

봄비

해맑은 실눈같이
영롱한 이슬처럼
아련한 고운 숨결
내 마음 건드리네
언제나
수정 같아라
아시나요. 그녀를

창문 틈 동글동글
구르는 임의 눈물
오르는 먼지처럼
그리움 흩어지네
그 흔적
기억 저편에
낙엽 되어 뒹구네

바위 구르네

물안개 이슬 꽃 핀
수채화 아롱아롱
자연이 빚은 천년
춤추는 나의 심장
오롯이
핑크빛 조각
기억 속에 잠드네

들에 핀 꽃 한 송이
파르르 떠는 입술
태양 빛 삼킬 듯한
분홍빛 빨간 입술
까르르
웃음 토하는
그대 들꽃 한 송이

하늘과 맞닿는 성

노을빛 피어오른
은비늘 파란 물결
핑크빛 아른아른
비양도 곱게 내린
길 잃은
나그네 발길
희망 찾아 오려나

바람결 불어오는
그리움 눈물 맺혀
풀잎에 사연 그려
바람결 안부 묻네
아련한
그 임 목소리
감싸 안네 포근히

올레길 (2)

돌담길 해녀 물질
오름길 섭지코지
서로의 등 토닥이며
힐링 찾아 걷는 길
올레길
간세마리마다
행복 웃음 넘친다

한라산 이정표에
걸으멍 쉬멍 놀멍
둘레길 그 먼 길을
가슴 속 담으면
올레길
이십일 코스
제주의 별이 된다

한마음

마음이 오락가락
물결 위 일렁이는
내 마음 들썩거려
내 삶을 그려본다
묻어둔
희망의 종소리
퍼져가네. 은은히

오뚝이 같은 내 삶
어디에 묻어둘까
스치는 바람결에
아쉬움 남겨놓고
기다림
풀잎에 맺혀
부르짖는 그 희망

글꽃 사랑

구르는 글꽃 마당
아롱아롱 빛나네

새하얀 언어들이
은빛 꽃빛 수놓네

붓끝에
시어를 품어
온 누리에 퍼지네

꽃그늘 아래

상큼한 바람결에
구르는 물소리에
젖어드는 목소리
꽃물결 일렁이듯
샛노란
꽃그늘 아래
그려놓은 시어들

산들바람 휘리릭
조각조각 춤추며
노래하는 뱃고동
감미로운 목소리
오늘의
풋풋한 설렘
들려오는 야릇함

시조 쓰기를 통한 삶의 성찰과 위로

- 윤소영 두 번째 시조집 『글꽃으로 핀 사랑』

최 봉 희(시조시인, 평론가, 글벗 편집주간)

 소박한 삶의 궁금증으로 다시 시집을 내는 시인이 있다. 시집을 내는 사람이 던지는 질문, 나는 왜 이 책을 출간했는가? 저자로서의 명예, 아니면 책을 냈다는 성취감, 인세 수입, 물론 이런 것들이 전혀 없다고 부인하기는 어렵다. 다만 사는 삶이 답답하고 힘들어서 자신을 성찰하면서 이 세상을 정말 잘 살고 싶어서 시를 쓰는 것은 아닐까?
 백석의 시가 생각난다. 시가 바로 우리 삶의 정확한 진단과 처방을 내리는 것도 아닌데 왜 우리는 이 시를 읽으면 울컥울컥하는지 다시금 시를 잘 써보겠다는 생각이 조금씩 일어나는 것이다.

  그리고 이번에는 나를 위로하는 듯이 나를 울력하는 듯이 눈짓하며 주먹질을 하며 이런 글자들이 지나간다
  - 하늘이 이 세상을 내일 적에 그가 가장 귀해하고 사랑하는 것들은 모두 가난하고 외롭고 높고 쓸쓸하니 그리고 언제나 넘치는 사랑과 슬픔 속에 살도록 만드신 것이다.
  - 백석의 시 「흰 바람벽이 있어」 중에서

내가 시인으로서 가난하고 외롭고 쓸쓸하니 살아가도록 태어났다고 생각하면 알 수 없는 위로에 휩싸인다.

윤소영 시인의 두 번째 시조집 『글꽃으로 핀 사랑』에 담겨 있는 103편의 시가 바로 백석의 시처럼 그렇다.

윤소영 시인의 시조의 핵심은 '내 삶을 깊이 살펴보고 내 삶을 되찾자.'는 위로가 아닐까 생각한다.

그동안 인생의 길을 힘들게 달려왔으니 놓쳐버린 것이 너무나 많다는 것이다. 가장 핵심은 바로 '나'라는 존재를 성찰해보고 내 감정, 내 생각, 내 시간, 내 삶을 깊게 들여다 보자는 것이다.

그러면 윤소영의 시조 작품의 세계를 들여다보자.

호수가
산을 품듯
너와 나 사랑 품고

어쩌나
인연의 깃
언제나 만남의 꿈

우리는
꽃과 나비로
사랑하며 살리라
– 시조 「나의 사랑아」 전문

시인의 꿈은 사랑을 품은 존재로 꽃과 나비처럼 서로 사랑하면서 살고 싶다는 소망을 품고 있다.

윤소영 시인은 제주도에서 활동하는 시인이다. 그는 섬 비양도에서 푸른 바다를 바라보면서 이렇게 노래한다.

　　잔잔히 밀려오는
　　먼바다 한숨 소리
　　바위에 걸터앉아
　　마음을 내려놓네
　　바다의
　　그리운 몸짓
　　일렁이는 잔물결

　　젖가슴 음푹 패인
　　바위는 형형색색
　　하늘빛 물 한 모금
　　그 풍경 신비롭다
　　우리네
　　젖어드는 삶
　　향기로운 인생아
　　- 시조 「날아오르는 섬」 전문

그는 자신의 인생을 자연 속에서 마음을 내려놓고 향기로운 인생을 살고 싶은 것이다. 그의 시조에 등장하는 인생은 긍정적인 삶의 태도로 바라보고 있다. 다시 말해서 시조 쓰기를 통해서 자신의 삶을 성찰하면서 위로를 얻는 듯하다.

> 햇살이 마실 나와
> 돌담 위 아침 열고
> 떨어진 꽃씨 하나
> 꽃잎은 방긋 웃네
> 눈부신
> 희망의 울림
> 시계꽃은 피었네
>
> 빛처럼 사랑처럼
> 꿈 담고 희망 담아
> 희망과 용기로 핀
> 인생을 아름답게
> 영원히
> 작은 꽃잎은
> 아름답게 산다네
> – 시조 「시계꽃」 전문

 필자는 윤소영의 시조집을 읽고 잔잔한 위로를 받았다. 지금 우리 인생에게 필요한 것은 삶에 대한 정확한 진단과 처방이 아니다. 무엇보다도 따뜻한 위로가 필요하기 때문이다. "인생은 ~ 해야만 한다."는 말보다는 "내 인생은 힘들었구나" 혹은 "고생했구나"라는 위로의 말 한마디가 필요하다.

그림자 한올 한올
아득히 별을 담고
은하수 꽃등 켜는
그리운 별빛 달빛
아련한
가슴 한 켠에
붉은 열정 태우네

들꽃의 아름다움
머금은 임의 사랑
위로받고 싶은 날
달빛에 묻은 영혼
내 사랑
젖은 눈망울
사랑 움튼 그리움
– 시조 「희망이 꽃 피다」 전문

　뜨거운 열정으로 살아온 내 인생에서 때로는 위로받고 싶은 날이 있다. 시인은 제주라는 섬에서 달빛을 보고 별빛을 바라보면서 다시금 희망으로 꽃을 피우는 삶을 살고 싶은 것이다. 시인은 그렇게 긍정의 눈으로 인생을 바라보고 세상을 살아가고 있다.

보고싶다 말하면
더 보고 싶어질까
미소만 그저 살짝

한마음 뿐이기에
오롯이
하나의 사랑
익어가는 내 인생

내 안에 그대 가득
내 가슴 출렁이고
삶이란 향기로운
사랑은 사랑으로
오롯이
사랑할수록
깊어지는 그리움
– 시조 「윙크하는 사랑」 전문

시인은 고단한 일상을 솔직한 감정으로 풀어놓는다. 지친
삶에 위로가 되는 사랑의 마음을 시조에 담았다. 이 시조
를 읽으면 인생의 **빡빡**한 시간 속에서 쉼을 얻는다. 잠시
안식을 얻으면서 새로운 힘을 얻기에 충분하지 않을까?

해안가 언덕 위에
핑크빛 카페에서
포말에 넘나드는
놓아버린 내 사랑
물비늘
흐린 기억 속
젖어드는 그대여

올레길 길목 따라
두 손을 마주 잡고
따뜻한 눈빛 속에
풋풋한 설렘 가득
내 영혼
희미해지는
감미로운 입맞춤

바닷가 거닐 때면
하르방 방긋 웃고
외로운 인생길에
누구를 기다리나
그대여
꿈을 찾으라
아름다운 제주를
　　　－ 시조 「놀멍 쉬멍 걸으멍」 전문

　시인은 제주에 살면서 제주의 아름다움을 노래한다. 힘겨운 삶 속에서 바다와 섬이 있는 자연을 만끽하면서 사랑을 느낀다. 그러면서도 '외로운 인생길'이라고 말하면서 누군가를 기다리기보다는 꿈을 찾으라고 말한다.
　윤소영 시인이 좋아하는 색깔은 '핑크빛'인 듯하다. 이번 시조집에도 15회나 등장한다. '분홍색'이라는 우리말이 있는데 왜 '핑크빛'이라는 시어를 자주 쓰는 것일까? 그 대답은 그가 '사랑'을 말하고 싶은 까닭이다. 이번 시조집에 '사랑'이란 어휘가 85회나 등장한다. 어떻게 말하면 시 쓰기를 통한 사랑을 표현하고 싶은 시인의 욕구가 들어난 것이 아닌가 한다.

핑크빛은 서로 친밀하고 조심스럽고 사려 깊은 사랑, 부드러운 사랑을 뜻한다. 빨간색은 열정이요, 분홍색은 부드럽다. 분홍색은 분명 사랑과 관련이 깊은 시어가 틀림없다. 시인이 사는 제주는 항상 푸른빛, 쪽빛이 넘실거린다. 그 빛깔은 희망의 색깔이다.

> 푸른 빛 진주 방울
> 희망꽃 피어나면
> 발아래 굽어보니
> 하얀빛 은빛 모래
> 탱고춤
> 빙그레 폴짝
> 온누리에 펼치네
>
> 인생길 넓고 넓어
> 내 마음 흔들흔들
> 푸른빛 쪽빛 희망
> 끝없는 바람으로
> 희망이
> 푸른 물결 속
> 길목에서 꽃 피네
> - 시조 「바다는 나의 삶」 전문

시인은 고단한 일상을 솔직한 감정으로 풀어내면서 지친 삶에 위로가 되는 시를 쓰고 있다. 특별히 그의 시에는 '희망'이라는 시어가 무려 '52회'나 등장한다. 내 곁에 많은 사람이 있는 것 같지만 결국에는 나 혼자 쓸쓸히 삶을 버려가고 있을 때 이 시집은 지친 일상에서 사랑을 꿈꾸면서 희망을 말한다. 어쩌면 독자들에게 작은 위로, 혹은 나를 만나는 작은 구원의 하나가 되지 않나 싶다.

봄꽃을 바라보니
내 임이 그리워라
빗장을 풀어놓은
물오른 봄꽃처럼
그리운
가슴을 안고
당신 앞에 서리라

조금은 수줍은 듯
어색한 나의 미소
한평생 피고 지는
내 인생 나의 청춘
우리가
영원히 살며
글꽃 피워 살리라
 - 시조 「사랑하는 그대」 전문

앞에서 말했듯이 시인은 인생을 희망의 눈, 긍정의 눈으로 바라보고 있다. 시인은 봄꽃처럼 그리워한다. 인생은 피고 지는 존재이지만 영원히 살면서 글꽃을 피우겠다고 말

한다. 그의 희망이자 그가 한평생 살아가는 이유가 아닐까
한다. 그런 면에서 윤소영 시인은 희망의 글꽃, 사랑의 글
꽃을 피우고 싶은 것이다.

코기토 에르고 숨(Cogito, ergo sum) 생각한다. 그러므로
나는 존재한다.

데카르트는 치열한 번민 속에서 변하지 않는 한 가지 사
실, 즉 생각하는 나가 있으면 나는 언제나 존재한다는 사
실을 깨달았다. 시 쓰기도 마찬가지다. 우리가 시 창작을
하면서도 변하지 않는 사실은 독자가 있으면 시인은 늘 존
재하고 시인의 존재는 자신의 삶을 통해 규정된다는 것이
다. 그런데 그 삶은 시인의 내면세계에서 시작된다. 인간은
그냥 행동하지 않기 때문이다. 내면의 수많은 생각 속에서
행동으로 표출한다. 내면의 어떤 작용을 거치지 않고서는
사람의 에너지는 동원되지 않는다. 시인의 창작 세계는 글
쓰기를 통해서 변화하고자 한다. 변화는 편한 작업이 아니
다. 나의 틀을 깨는 불편함이 있고 어색함이 있다. 그러함
에도 시인이 글을 쓰는 것은 내면에서 특별한 가치와 목적
을 발견했기 때문이리라.
　윤소영 시인은 '희망'을 선택했고, '사랑'을 말하고 싶었나
보다.
　시인은 자신의 삶과 인생을 깊게 성찰한 후에 삶의 아픔
이 자신에게 새로운 힘이 되고 있음을 새롭게 깨달은 것이

다. 내면의 깊은 성찰로 시인은 사랑과 희망의 힘을 알게
된 것이다.

            상큼한 매력으로
            피어난 봄의 들꽃
            길섶에 윙크하는
            사랑은 한올 한올
            애절한
            사랑을 살다
            묻어놓은 그 아픔

            팔각정 시샘하는
            목련꽃 사랑 담아
            애타는 눈물방울
            구르는 사랑 노래
            처마 끝
            풍경소리에
            멀어지는 내 마음
            ― 시조 「여행길」 전문

  인생이라는 여행길에는 사랑의 아픔이 있다. 봄의 들꽃은
애절한 사랑을 살다가 그 아픔을 묻는다. 눈물방울이 흐르
고 애타는 그리움도 있다. 그리고 결국에는 이별도 있는
것이다.

            영롱한 나의 햇살

소녀 같은 풋풋함
연민과 동정심에
설레는 붉은 연꽃
내 마음
백지 같아라
아름드리 꽃 피네

구름 위 마음 실어
가벼운 깃털처럼
은하수 윤슬 위에
빛나는 너의 매력
영혼의
고요함 속에
청순하다 그 눈빛
– 시조 「나의 인생」 전문

 시인은 백지 같은 인생에 글꽃을 피우면서 살고 있다. 영
혼의 고요함 속에서 그의 시심은 청순하다. 자신만의 매력
으로 그는 오늘도 시를 쓰고 있다. 그것이 바로 자신의 인
생을 구원하는 일임을 알고 있는 듯하다. 바로 자신을 사
랑하는 것이야말로 힘겨운 인생을 구하는 방편이 되기 때
문이다.

햇살이 빛을 타고
바람에 굴러가듯
꽃잎이 속삭이듯

내 안에 머문 그대
오롯이
한마음으로
사랑하며 살래요

푸드덕 날갯짓에
꽃봉오리 유혹한
바람은 요술쟁이
웃음꽃 날아올라
핑크빛
사랑 머금은
탐스러운 그대여
 – 시조 「미소꽃」 전문

 시인은 오늘도 시조라는 글꽃을 피우고 있다. 다름 아닌
미소꽃이다. 시인의 가슴에 오롯이 머무는 사랑이 있기에
그는 오롯이 한마음으로 사랑하며 살겠다고 다짐한다. 핑
크빛 사랑을 머금은 탐스러운 웃음이 인상적이다. 그의 글
꽃이 바로 미소꽃이 아니겠는가.

노오란 은행잎들
사랑을 그리면서
하늘엔 꽃무지개
임 마중 가라 하네
연못에
사뿐히 띄워

가슴에 멍울지네

가지 끝 내려앉은
임 사랑 그리워라
눈썹달 핑크빛에
서산에 걸린 노을
내 영혼
아름답게 핀
빛과 등불이어라
　- 시조 「사랑의 등불」 전문

　시인의 가슴에는 아름답게 핀 빛과 등불이 있다. 사랑이
그 빛이요. 등불은 곧 그의 시가 아닐까? 독자들에게 사랑
의 빛으로 글꽃을 피워 세상을 밝히는 일이다.
　윤소영 시인에게 시조 쓰기는 바로 성장을 의미한다. 제
주도에서 그는 자신의 삶을 사랑하면서 아름다운 자연을
매개로 자신의 삶을 그려내고 있기 때문이다.

둘레길 휘어지는
돌담 옆 망아지들
귤 내음 향기롭게
애기꽃 도란도란
해오름
동백꽃 동산
출렁이는 그 햇살

한눈에 푸른 빛깔
기적이 펼쳐지는
우람한 너털웃음
그 사랑 감미롭다
키다리
하르방 품속
사랑하리 제주를
– 시조 「제주도 바람결」 전문

　제주도에 돌하르방이 살고 있듯이 푸른 빛깔의 희망과 기적이 펼쳐지고 있고, 핑크빛 사랑이 가득하다. 제주도의 바람결에 시인은 감미로운 사랑을 느끼고 제주를 사랑하게 된 것이다.

　추사체로 유명한 김정희(金正喜) 선생의 이야기다. 인생 말년을 제주도의 유배지에서 보냈다. 그는 한창 잘나가는 시절에 이웃과 지인들은 선물도 보내오고 문안 인사도 하던 사람들이 제법 있었다. 죄인의 몸으로 제주도에 사는 자신에게 지인들의 연락 한 번 주지 않는 외로움에 그는 힘겨웠을 것이다. 그러나 모든 사람이 그를 떠난 것은 아니었다. 제자 이상적(李尙迪)만은 스승을 기억했다. 청나라에 역관으로 방문할 때마다 좋은 책을 구해다가 보내주곤 했다. 끝까지 자신을 잊지 않고 매번 선물을 보내는 제자에게 자신의 삶을 담은 그림을 보내주는데 그 그림이 바로 '세한도(歲寒圖)'다. 세한도를 보면 겨울나무가 있다. 화려

한 잎사귀를 뽐내지는 않지만 추운 겨울을 이겨내는 당당함이 있다. 그래서 추사 김정희는 제주도에서 유배 생활을 하는 자신을 기억해 주는 제자 이상적에게 "추운 겨울이 온 후에야 소나무, 전나무가 시들지 않음을 알 수 있다."고 말하면서 겨울나무를 그려준 것이다.

소나무 맺힌 사랑
가지 끝 희망 달고
푸른 잎 핑크 빛깔
떨림은 수줍은 듯
청아한
새들의 합창
아침을 열어주네

소풍 같은 여행길
자연이 주는 행복
만물이 약동하는
사람과 자연 공존
해 웃음
가슴 여는 날
선물 같은 하루네
– 시조 「나무에 걸린 꿈」 전문

윤소영 시인에게도 꿈은 있다. 겨울나무처럼 소나무가 있다. 푸른 잎 핑크 빛깔에 떨림은 수줍지만, 새들이 날아와서 쉬고 새로운 아침을 열어간다. 소풍 같은 인생길이지만 자연이 주는 행복과 만물이 공존하는 어울림 속에서 해가 웃는 선물 같은 하루 속에서 글꽃을 피우는 가슴 여는 날이 있는 것이다.

내 가슴 촉촉하게
아련히 스며드는
활짝 웃는 그 미소
향기 품은 그 모습
분홍빛
사랑 수놓네
향기 따라 흐르네

한 송이 꽃이 되어
그대만 기다리는
둥근 달빛 아래에
영원히 기대서서
내 사랑
걸어두고서
속삭이네 당신께
– 시조 「나의 인생아」 전문

시인은 언제나 분홍빛 사랑을 꿈꾼다. 한 송이 글꽃을 피우기 위해서 오늘도 그는 사랑을 수놓으면서 말한다. 그리고 인생을 얘기한다. 바로 희망의 꽃씨를 심고 있다. 그런 의미에서 시인의 시 쓰기는 자신의 삶을 구원하는 사랑의 표현인 것이다.

핑크빛 하늘 섶에
애틋한 사랑 그린
푸른 숲속 음악회
춤추는 나뭇잎들
리듬에
숲속 친구들
덩실덩실 흥겹네

멜로디 가슴 울려
열정은 차오르고
울림이 진한 여운
이루지 못한 욕망
무대에
올려진 희망
타오르는 꽃이여
- 시조 「희망의 꽃씨」 전문

이제 윤소영 시인이 심은 핑크빛 사랑의 꽃씨, 희망의 꽃씨는 이 땅에 뿌려졌다. 이제 기다림만이 남아있다. 오롯한 성장을 꿈꿔야 한다. 물도 주고 관심과 격려도 필요하다.

인생은 과거와 단절한 채 새로운 미래만을 향해 나아가는 것은 결코 아니다. 때로는 실패와 좌절을 겪더라도 스스로 자신을 위로하고 그렇게 될 수밖에 없었던 과거를 수용해야 한다. 또 다른 미래를 꿈꾸면서 힘차게 나아가야 한다.

인생은 힘겹고 고통스럽다. 그러함에도 윤소영 시인은 긍정적인 삶의 태도를 지닌 시인이다. 시를 쓴다는 것은 희망을 말하는 것이다. 꿈을 표현하고 자신의 삶을 표현는 것이다. 새롭게 만나는 독자들에게 삶의 새로운 가치와 의미를 던져주리라 생각한다.

시 쓰기를 통해서 자신을 만나고 타인을 이해하고 세계와 만나는 소통의 시간, 시를 통해서 서로를 깊게 만나고 대화하는 기회가 있었으면 한다.

윤소영 시인의 두 번째 시조집이자 네 번째 출간하는 그의 저서 『글꽃으로 핀 사랑』에 다시금 박수를 보낸다.

사랑의 빛깔로 희망을 수놓은 그의 노력과 열정, 그리고 끊임없는 배움과 창작활동이 많은 성장을 낳았다. 부디 많은 독자들의 공감을 얻기를 바란다.

끝으로 그의 건강과 건승을 기원한다.

■ 글벗시선 204 윤소영의 두 번째 시조집

글꽃으로 핀 사랑

인 쇄 일 2023년 10월 14일
발 행 일 2023년 10월 14일
지 은 이 윤 소 영
펴 낸 이 한 주 희
펴 낸 곳 도서출판 글벗
출판등록 2007. 10. 29(제406-2007-100호)
주   소 경기도 파주시 와석순환로 16,(야당동)
          롯데캐슬파크타운 905동 1104호
홈페이지 http://guelbut.co.kr
E-mail juhee6305@hanmail.net
전화번호 031-957-1461
팩   스 031-957-7319
가   격 12,000원
I S B N 978-89-6533-265-7 04810